AF595482

Ulrich Germania

LA DIOSA del AMOR EN LA FERIA

Pie de imprenta

Título del libro:
La Diosa del Amor en la Feria

Subtítulo:
Un parque de atracciones con un toque místico

Serie:
Encuentros románticos en un parque de atracciones.

Notas KI:
Historia de IA iniciada y revisada por el autor.
Traducida del alemán al español por una IA.

Editor:
BoD · Books on Demand GmbH,
Überseering 33, 22297 Hamburg, bod@bod.de

Impresión:
Libri Plureos GmbH
Friedensallee 273, 22763 Hamburg

ISBN: 978-3-8192-6272-2

Índice

Notas:

Créditos fotográficos:
Las imágenes de la portada y las ilustraciones del libro se generaron mediante IA y se modificaron con programas de manipulación fotográfica.

IA y Traducción:
Historia de IA iniciada y revisada por el autor.
Fue traducida del alemán al español por una IA y otra IA hizo lectura de pruebas.

E-mail del autor:
Ulrich.Germania@online.de

Conocerse

Era una cálida tarde de verano cuando las dos amigas Tania y Susa pasearon por el parque de atracciones que estaba muy animado. Atraídas mágicamente por las luces de colores y la música alegre, disfrutaban del ambiente exuberante. Tania, con su larga melena rubia y sus brillantes ojos azules, y Susa, con sus rizos oscuros y su risa contagiosa, atraían todas las miradas.

Rieron y charlaron mientras paseaban por los puestos, comían algodón de azúcar y se maravillaban con las atracciones. Justo cuando pensaban qué atracción querían probar a continuación, se les acercaron dos jóvenes.

"¡Hola, vosotras dos! ¿Os apetece dar una vuelta en la noria con nosotros?", preguntó uno de ellos, un tipo alto y deportista con una sonrisa encantadora. Su amigo, un poco más pequeño, pero con una sonrisa pícara, asintió con la cabeza.

Tania y Susa intercambiaron una rápida mirada y sonrieron. "¿Por qué no?", respondió Tania alegremente. "¡Nos encanta la noria!".

Juntos se dirigieron a la noria y los dos jóvenes se presentaron. El más alto se llamaba Leo y su amigo Luiz.

Había mucha gente haciendo cola delante de la noria que quería subirse a la atracción. Mientras esperaban en la cola, se presentaron unos a otros y resultó que Leo y Luiz eran unos jóvenes muy simpáticos y las chicas estaban encantadas de que se les hubieran acercado ellos.

Cuando por fin tomaron asiento en una góndola de la noria, disfrutaron de la impresionante vista sobre el parque de atracciones y la ciudad. Las luces centelleaban como estrellas y la alegre música llenaba el ambiente. Tania y Susa se sintieron como en un cuento de hadas, y la compañía de Leo y Luiz hizo que la velada fuera aún más especial.

Se rieron mucho durante el viaje y llegaron a conocerse aún mejor.

Cuando por fin la noria volvió a detenerse, decidieron seguir disfrutando juntos de la velada y probar aún más atracciones.

Tras abandonar la noria, los cuatro jóvenes decidieron visitar otra atracción. Pasearon por el parque de atracciones y se dejaron guiar por las luces de colores y la música alegre.

Al final, optaron por la montaña rusa, que les sedujo con sus rápidas curvas y sus emocionantes descensos.

Tania y Luiz se sentaron en un vagón, mientras que Susa y Leo tomaron asiento en el siguiente. La emoción y la expectación eran palpables mientras la montaña rusa subía lentamente la primera cuesta. Tania y Luiz se agarraban a las barras de seguridad e intercambiaban miradas emocionadas. Susa y Leo reían y bromeaban mientras disfrutaban de las vistas.

Cuando la montaña rusa alcanzó la cima de la colina, el mundo contuvo la respiración por un momento.

Luego se sumergió en las profundidades, y los cuatro jóvenes gritaron de alegría y emoción. Las curvas rápidas y los bucles hacían que sus corazones latieran más rápido y saboreaban cada segundo del viaje.

Después de la alocada montaña rusa, bajaron del coche y seguían riéndose de la emocionante experiencia.

Tania y Luiz intercambiaron miradas de complicidad, mientras que Susa y Leo también se acercaron el uno al otro. Era evidente que se estaba creando un vínculo especial entre las dos parejas.

Juntos decidieron seguir disfrutando de la velada y probar aún más atracciones. El parque de atracciones ofrecía innumerables oportunidades de diversión y aventura, y la posibilidad de divertirse juntos y conocerse mejor.

A medida que pasaban de una atracción a otra, sentían que su amistad se hacía cada vez más fuerte.

Mientras seguían paseando por la feria, Luiz cogió la mano de Tania y ella se lo permitió. Un sentimiento cálido la invadió y le sonrió.

Susa vio a su amiga Tania caminando de la mano con Luiz y una sonrisa se dibujó en su rostro. Vio lo feliz que parecía Tania y también se sintió encantada por el ambiente romántico de la feria.

Susa miró a Leo, que caminaba a su lado. Parecía un poco tímido y no se atrevía a cogerle la mano. Con una sonrisa decidida, Susa le cogió la mano y entrelazó sus dedos con los de él. Leo se sorprendió, pero luego sonrió y le apretó suavemente la mano.

Los cuatro jóvenes caminaron de la mano por la feria, disfrutando de la música alegre y las luces de colores. Se sentían como en un cuento de hadas y la magia de la noche les aceleraba el corazón.

La cabaña de la bruja

En consonancia con el ambiente de cuento de hadas, descubrieron por casualidad una casa de madera en el recinto ferial que parecía la casa de una bruja de cuento. Era de madera oscura y estaba decorada con tallas ornamentales. Las ventanas eran pequeñas y redondas, con vidrieras de colores que brillaban a la luz de la feria. Del tejado sobresalía una estrecha chimenea, de la que salía un fino hilo de humo que se perdía en el aire templado del verano.

Una anciana con aspecto de bruja estaba sentada frente a la casita. Tenía la cara profundamente arrugada y sus ojos brillaban misteriosamente. Llevaba un largo vestido negro que le llegaba hasta el suelo y un sombrero puntiagudo torcido en la cabeza. Tenía las manos huesudas y marcadas por las manchas de la edad, y sujetaba un bastón nudoso que parecía tallado en un árbol milenario.

Un pájaro negro estaba posado en su hombro, observando a los cuatro jóvenes con sus agudos ojos.

Un gato negro descansaba en su regazo, estirándose perezosamente y ronroneando suavemente.

La anciana sonrió misteriosamente al ver acercarse al grupo, y su presencia confirió a la escena una atmósfera mágica y a la vez inquietante.

"Bienvenidos, queridos", dijo la anciana con voz ronca. "Acercaos y dejad que os cuente algo".

Tania, Susa, Luiz y Leo intercambiaron miradas curiosas y se acercaron a la casa de la bruja. La anciana acarició al gato negro que tenía en el regazo y el cuervo que tenía en el hombro graznó suavemente.

"Veo que buscais algo especial", prosiguió la anciana. "Quizá yo pueda ayudaros a cumplir vuestros deseos. Pero tened cuidado, a veces las cosas no son lo que parecen".

Los cuatro jóvenes estaban fascinados y un poco nerviosos.

"¿Qué quieres decir?", preguntó Tania con cautela.

La anciana sonrió misteriosamente.

"Cada uno de vosotros tiene un deseo en el corazón que tal vez ni siquiera quiera admitirse a sí mismo. Yo puedo ayudaros a reconocer estos deseos y quizá incluso a cumplirlos. Pero para ello, tenéis que confiar en mí y cumplir una pequeña tarea para mí".

Susa miró a la anciana con escepticismo.

"¿Y qué tipo de trabajo sería ese?"

La anciana levantó una mano huesuda y señaló un pequeño jardín encantado detrás de la casa de la bruja.

"Hay muchas flores diferentes en este jardín, cuatro de las cuales son flores especiales que están destinadas a vosotros. Cada una de estas flores representa un deseo. Elegid una flor y traédmela y te contaré más sobre tus deseos".

Tania, Susa, Luiz y Leo se miraron y finalmente asintieron. Sentían curiosidad y querían averiguar qué tenía que decirles la anciana.

Juntos entraron en el jardín encantado y empezaron a buscar las flores especiales.

El jardín estaba lleno de plantas extrañas y flores brillantes que resplandecían a la luz de la luna.

Tania preguntó: "Hay tantas flores bonitas aquí, ¿cómo voy a reconocer cuál es la flor especial?".

Leo pareció darse cuenta: "Todas las flores tienen el mismo valor. Sólo cuando elijas una se convertirá en tu flor especial".

Cada uno de ellos no tardó en encontrar una flor especial.

Tania eligió una flor roja brillante, Susa una azul delicada, Luiz una amarilla brillante y Leo una púrpura intensa.

Volvieron junto a la anciana con las flores en la mano.

"Muy bien", dijo y cogió las flores. "Ahora veamos qué deseos tenéis en el corazón".

La anciana miró atentamente las flores y dijo:

"Cada una de estas flores representa un deseo que lleváis en el corazón", dijo con una sonrisa misteriosa. "Veamos qué deseos tenéis".

Levantó la flor roja y brillante que Tania había cogido.

"Esta flor roja simboliza la pasión y el amor", explica la anciana. "Tania, tu corazón anhela una conexión profunda y apasionada. Quieres encontrar a alguien que haga brillar tu corazón y con quien puedas compartir un amor intenso".

Tania se ruborizó ligeramente, pero no podía negar que las palabras de la anciana eran exactamente lo que ella sentía.

"¿Cómo sabe mi nombre?", preguntó Tania a la anciana, pero ella no respondió, sólo sonrió misteriosamente.

Todos en el grupo tenían curiosidad por ver qué revelarían las otras flores.

La anciana cogió la delicada flor azul que Susa había recogido.

"Esta flor representa la calma y la estabilidad", dijo. "Susa, quieres una relación que te dé seguridad y protección. Buscas a alguien que te aporte estabilidad y paz y con quien puedas construir un futuro armonioso."

Susa sonrió y se sintió comprendida. Las palabras de la anciana reflejaban sus deseos más profundos.

A continuación, la anciana levantó la flor amarilla brillante que Luiz había cogido.

"Esta flor representa la alegría y la aventura - explicó-. Luiz, tú anhelas una relación llena de diversión y experiencias emocionantes. Quieres encontrar a alguien que llene tu vida de risas y aventuras y con quien puedas compartir momentos inolvidables."

Luiz asintió y se sintió animado por las palabras de la anciana.

Finalmente, la anciana cogió la flor de color púrpura que Leo había recogido.

"Esta flor representa el misterio y la profundidad", dijo, "Leo, quieres una relación llena de misterio y emociones profundas. Buscas a alguien que te llegue al alma y con quien puedas construir una conexión profunda y significativa."

Leo sintió cómo las palabras de la anciana le llegaban al corazón. Sabía que ella expresaba exactamente lo que él deseaba en secreto.

La anciana sonrió satisfecha. "Ahora conocéis los deseos que lleváis en el corazón", dijo. "Que la feria os ayude a cumplirlos y a encontrar el amor que buscáis".

Con estas palabras, la anciana se despidió, entró en su casa de bruja y cerró la puerta tras de sí.

Los cuatro jóvenes se quedaron mirando la casa de la bruja, ensimismados.

Tania dijo: "Sabía todos nuestros nombres, aunque no nos habíamos presentado".

Luiz asintió y dijo: "Muy extraño. Era como una adivina que deja que alguien saque cartas de una baraja y luego interpreta el destino de las cartas elegidas. Ella utilizaba las flores en lugar de los naipes".

Susa dijo temblorosa: "Qué miedo".

Leo dijo: "¿Y sabes qué más da miedo? No nos pidió dinero, aunque este tipo de cosas no suelen ofrecerse gratis en un parque de atracciones".

Luiz dijo con valentía: "Deberíamos volver a hablar con ella y ofrecerle algo de dinero. Iré a casa de la bruja y le diré que vuelva a salir".

Tania suplicó: "¡No lo hagas Luiz, tengo miedo por ti!".

Luiz respondió: "Cálmate, abriré la puerta y llamaré a la cabaña para que vuelva a salir".

Luiz dio unos pasos hacia la casa de la bruja y Leo le siguió, mientras las chicas esperaban a una distancia prudencial de la cabaña.

Leo abrió la puerta y Luiz llamó al vacío de la oscura habitación: "Hola, ¿puedes salir otra vez?", pero no recibió respuesta.

"¿Hola? ¿Dónde estás? ¿Me oyes?", gritó Luiz, pero de nuevo no recibió respuesta. En su lugar, el gato negro salió de la habitación y el pájaro negro salió volando por la puerta, pasando por delante de la cabeza de Luiz.

El gato subió a la casa de madera y se sentó en el tejado, el pájaro voló hacia el gato y se sentó a su lado.

Luiz y Leo se reunieron con Tania y Susa y juntos se quedaron mirando al pájaro y al gato, que estaban sentados confidencialmente uno al lado del otro en el tejado de la casa de la bruja y les miraban desde arriba.

De repente, el gato se sentó sobre su grupa, levantó una pata y saludó a las dos parejas como si fuera un gato asiático que saluda.

Luiz dijo: "Nos saluda como un gato de la suerte tailandés. Creo que es mejor que le devolvamos el saludo y sigamos adelante".

Y así lo hicieron. Los cuatro se despidieron del gato con la mano, se dieron la vuelta, abandonaron la vieja y misteriosa casa de madera y se sumergieron de nuevo en el bullicio ruidoso de la feria.

El cumplimiento de los deseos

Luiz se detuvo de repente y miró profundamente a los ojos de Tania.

"Tania, escuché atentamente lo que dijo la bruja sobre tus deseos. ¿Es cierto lo que dijo?"

Tania miró a Luiz y sonrió un poco avergonzada.

"Sí, es verdad", respondió en voz baja. "Realmente quiero una conexión apasionada. Alguien que haga brillar mi corazón".

Luiz asintió y le cogió la mano con más firmeza.

"Creo que eso es hermoso, Tania. Espero poder ser ese alguien para ti. Quiero conocerte mejor y averiguar si podemos tener esa conexión".

Tania sintió que el corazón le latía más deprisa.

"A mí también me gustaría averiguarlo, Luiz".

Luiz miró profundamente a los ojos de Tania, su voz llena de emoción mientras preguntaba:

"¿Me permites que haga brillar tu corazón?"

Tania sonrió y sintió que el corazón le latía más deprisa.

"¡Con mucho gusto, pruébalo!", respondió en voz baja, con los ojos brillantes de emoción.

Sin dudarlo, Luiz agarró a Tania y la estrechó suavemente entre sus brazos. Sus cuerpos estaban muy juntos y el mundo a su alrededor pareció detenerse por un momento.

Luiz se inclinó hacia ella y le dio un beso lleno de pasión. Sus labios se encontraron con los de ella con una intensidad que dejó a Tania sin aliento.

De repente sintió un calor en todo el cuerpo al corresponder al apasionado beso de Luiz. Esa sensación se extendió a Luiz y se sintieron como atrapados en un momento mágico. Sus corazones latían el uno por el otro y Tania y Luiz sabían que se habían encontrado.

Mientras ellos se perdían en su momento mágico, Susa y Leo observaban la acción con una sonrisa.

Susa miró a Leo y sintió que entre ellos también se había formado un vínculo especial. "Leo, ¿qué opinas de lo que ha dicho la bruja?", preguntó en voz baja.

Leo sonrió y cogió la mano de Susa.

"Creo que tiene razón. Sí, quiero una conexión profunda y significativa. Y creo que podríamos tener esa conexión".

Susa sintió que el corazón le latía más deprisa. "Yo siento lo mismo, Leo. Sigamos disfrutando de la velada y veamos adónde nos lleva".

Leo asintió, acercó a Susa a él y le dio un suave beso en la frente. Susa sonrió y se sintió segura en su compañía. Junto con Tania y Luiz, continuaron su paseo por el parque de atracciones, cogidos de la mano y llenos de expectación por el resto de las experiencias de la noche.

Al cabo de un rato, descubrieron una acogedora cervecería con pista de baile. La música alegre y las risas de la gente les atrajeron mágicamente. La cervecería estaba decorada con luces de colores que brillaban a la luz del atardecer. Las mesas y los bancos estaban bien ocupados y el ambiente era exuberante y alegre.

En la pista de baile, jóvenes y mayores bailaron al son de la música en directo de una banda formada por ancianos. Los músicos vestían ropas nostálgicas y tocaban los éxitos de los años 60 con gran pasión.

Sus instrumentos estaban bien cuidados y los sonidos de la guitarra, el bajo, la batería y el teclado llenaban el ambiente. El cantante de la banda supo adaptar muy bien su voz a las canciones y casi se tenía la sensación de que los Rolling Stones o los Beatles estaban dando un concierto en el escenario.

Tania, Luiz, Susa y Leo encontraron una mesa libre cerca de la pista de baile y se sentaron. Pidieron bebidas y disfrutaron del ambiente alegre.

La música era enardecedora y no tardaron en dejarse llevar por las viejas canciones y la música rock.

Luiz se levantó y le tendió la mano a Tania. "¿Quieres bailar?", le preguntó con una sonrisa encantadora.

Tania asintió con entusiasmo y le cogió la mano. Juntos entraron en la pista de baile y empezaron a moverse al ritmo de la música. Sus movimientos estaban sincronizados y llenos de alegría, y se reían mientras se tocaban y bromeaban juguetonamente mientras bailaban.

Susa los observó y se sintió contagiada por el ambiente alegre. Se volvió hacia Leo y le preguntó: "¿Quieres bailar tú también?".

Leo sonrió y le cogió la mano. Me encantaría", respondió.

Juntos se unieron a Tania y Luiz en la pista de baile y bailaron al ritmo de la música rock de la banda en directo.

La banda del escenario tocó con gran dedicación y alegría, y los viejos éxitos fueron bien recibidos por el público.

La pista de baile estaba llena de gente que se movía al ritmo de las conocidas canciones. Mayores y jóvenes bailaban codo con codo y las fronteras entre generaciones desaparecían.

Tania y Luiz, así como Susa y Leo, estaban felices. La música, el ambiente alegre y, no menos importante, el hecho de que todos hubieran encontrado una pareja a la que amar hacían que sus corazones latiesen más deprisa.

La diosa del amor

Cuando las dos parejas volvieron a su mesa desde la pista de baile, se dieron cuenta de que una hermosa mujer rubia estaba sentada allí.

Su larga melena dorada brillaba a la luz de la feria y sus ojos destellaban misteriosamente. Luiz se acercó y le dijo amablemente: "Disculpe, ésta es nuestra mesa. ¿Puede apartarse un poco?".

La bella mujer se movió un poco para que todos tuvieran sitio, sonrió amablemente y respondió: "Sí, me encantaría, sé que es vuestra mesa. ¿Puedo presentarme? Soy Amora, diosa del amor y ayudante de Cupido, el dios del amor. Sólo quería asegurarme de que nuestras flechas del amor no fallaran su blanco".

Tania, Susa, Luiz y Leo se miraron sorprendidos. La presencia de Amora parecía aumentar el ambiente mágico de la velada. Se sentaron a la mesa y escucharon atentamente lo que la diosa del amor tenía que decirles.

"Me alegra ver que os habéis encontrado", continuó Amora. "La feria es un lugar lleno de magia y posibilidades, y parece que el destino os ha unido. Que vuestro amor crezca y florezca".

Los cuatro jóvenes se sintieron conmovidos por las palabras de Amora, pero también muy irritados.

Luiz sacó el tema: "Guapa, estamos en la feria, hay payasos y charlatanes. ¿Nos has visto juntos en la pista de baile y ahora nos dices que eres una diosa del amor? Cualquiera puede ver que somos dos parejas de amantes y desgraciadamente eso no es prueba de que seas una diosa del amor. Lo siento, estoy confundido.

Amora se rió y preguntó: "¿Recordáis vuestra visita a la casa de la bruja y a la anciana que os dejó coger flores y luego os reveló vuestros deseos personales y secretos?".

Tania, Susa, Luiz y Leo se miraron sorprendidos y asintieron.

"Sí, lo sabemos", respondió Susa. "Fue un momento muy especial".

"Y de repente la mujer desapareció", dijo Luiz.

Amora sonrió misteriosamente.

"Bueno, tengo una confesión que hacer. Esa anciana era yo, en una forma transformada. Quería asegurarme de que vuestros corazones reconocieran los deseos correctos y de que tuvierais la oportunidad de cumplirlos".

Los cuatro jóvenes se quedaron sin habla.

"¿Tú eras la anciana?", preguntó Luiz incrédulo. "¿Por qué te has transformado?"

Amora sonrió sabiamente.

"A veces es más fácil hablar a la gente no como una bella mujer rubia, sino como una anciana, porque así la gente piensa que está hablando con alguien sabio y experimentado. Quería ayudarles a abrir sus corazones y encontrar el amor que buscan".

Luiz se revolvió el pelo y dijo: "De algún modo, sigo sin creerme que seas una anciana y una hermosa diosa del amor al mismo tiempo. ¿Dónde estamos? ¿En el parque de atracciones en la vida real, o en un cuento de hadas con brujas y diosas?".

Amora sonrió y levantó una mano. "Déjame demostrarte que soy la diosa del amor y que yo era la anciana".

En ese momento, el pájaro negro que había estado posado en el hombro de la anciana apareció de repente y se posó sobre la mesa. Graznó suavemente y miró a los cuatro jóvenes con sus agudos ojos.

Poco después, el gato negro que había estado tumbado en el regazo de la anciana saltó a la mesa y se sentó junto al pájaro. Ronroneó suavemente y frotó la cabeza contra la mano de Amora.

"Estos dos son mis fieles compañeros", explicó Amora.

"Siempre están conmigo, independientemente de la forma en que aparezca".

Tania, Susa, Luiz y Leo miraron asombrados a los animales y supieron que Amora decía la verdad. La repentina presencia del pájaro y el gato demostró que, efectivamente, era la anciana transformada.

"Parece que realmente hemos aterrizado en un cuento de hadas, ¿verdad?", dijo Susa en voz baja, mirando a Amora interrogadoramente a los ojos.

Amora asintió.

"A veces los límites entre la realidad y los cuentos de hadas son difusos. La feria es un lugar lleno de magia y posibilidades. Aprovecha la oportunidad que se te ha brindado hoy para cumplir tus deseos y encontrar el amor que siempre has buscado."

Tras una breve pausa, en la que todos los presentes se quedaron sin palabras, Amora añadió;

"Espero que, como diosa del amor y anciana, haya podido ayudaros a encontrar al amor de vuestras vidas. El destino está ahora en vuestras manos, y yo me despido".

Tras decir esto, Amora se levantó lentamente de su asiento.

El pájaro negro desplegó las alas, voló en el aire y se sentó en el hombro izquierdo de Amora, mientras que el gato negro saltó con elegancia de la mesa al brazo extendido de Amora, trepó por él y luego se sentó en su hombro derecho.

De repente, una suave brisa recorrió la cervecería al aire libre y las luces de la feria parecieron brillar más por un momento.

Amora levantó las manos y sonrió a los cuatro jóvenes.

"Que el amor os acompañe siempre", dijo en voz baja.

Entonces empezó a disolverse lentamente en un haz de luz resplandeciente. El pájaro y el gato también desaparecieron en una suave luz que se extendió a su alrededor.

En unos instantes, Amora y sus animales habían desaparecido como si nunca hubieran estado allí.

Los cuatro jóvenes se quedaron boquiabiertos, dándose cuenta de que habían presenciado un momento mágico.

Sabían que esa noche era muy especial y que sus nuevos vínculos eran fuertes, significativos y mágicos.

Luiz miró profundamente a los ojos de Tania y sonrió.

"Nunca pensé que los cuentos de hadas pudieran ser verdad", dijo en voz baja. "Pero esta noche he aprendido que realmente existe la magia y lo sobrenatural en la vida".

Tania le devolvió la sonrisa y le apretó la mano. "A veces sólo hacen falta el momento y las personas adecuadas para descubrir la magia, y hoy también nos ha ayudado la diosa del amor de un cuento de hadas", replicó con dulzura.

Leo asintió y miró a Susa. "En realidad dudaba de que el amor verdadero existiera realmente en la vida", confesó, "pero ahora sé que sí y que lo hemos encontrado".

Susa sonrió y le puso la mano en la mejilla. "El amor verdadero está a menudo más cerca de lo que pensamos. Sólo tenemos que abrir los ojos y el corazón para reconocerlo. Amora nos ha ayudado a hacerlo".

Los cuatro jóvenes hablaron durante un rato de cuentos de hadas y del amor verdadero, y luego volvieron a disfrutar del alegre ambiente de la feria y de la compañía de los demás.

Mientras las luces de la feria se apagaban lentamente y la noche llegaba a su fin, se despidieron prometiendo volver a verse pronto.

Sabían que su historia no había hecho más que empezar y que vivirían muchos más momentos mágicos juntos.

Más libros del autor

Si te ha gustado esta historia romántica y cursi de feria de atracciones, seguro que te gustarán las demás historias cortas que ha ideado Ulrich Germania. Muchas de las historias hablan de encuentros románticos en lugares insólitos.

Nota de la IA: Lo siguiente se aplica a las historias de la feria: Ulrich Germania ideó los personajes y el argumento, la IA escribió las historias y luego se revisaron y mejoraron.

Feria de los Corazones
Cuento de amor cursi en un parque de atracciones.

Médicos en la Feria
No es una novela médica, pero casi.

La Diosa del Amor en la Feria
Un parque de atracciones con un toque místico (este libro)

E-mail del autor: Ulrich.Germania@online.de

Feria de los
Corazones
Ulrich Germania

Ulrich Germania
MÉDICOS
en la
FERIA

www.ingramcontent.com/pod-product-compliance
Lightning Source LLC
LaVergne TN
LVHW041524190726
843491LV00009B/2891

* 9 7 8 3 8 1 9 2 6 2 7 2 2 *